VENTE 106

du Samedi 28 Mars 1914

HOTEL DROUOT, SALLE N° 1

A 2 HEURES

EXPOSITION PUBLIQUE

Le Vendredi 27 Mars 1914

DE 2 HEURES A 6 HEURES

Objets de l'Orient

et de l'Extrême-Orient

COMMISSAIRE-PRISEUR :

Me ROBERT BIGNON

41, Rue de la Victoire

EXPERT :

M. JOSEPH LOGÉ

57, Rue Saint-Lazare

IMPRIMERIE   ARTISTIQUE
C. CHAUFOUR
PARIS

CATALOGUE

DES

Objets de l'Orient & de l'Extrême-Orient

PORCELAINES DE LA CHINE,

des Epoques Ming, Kang-Si, Kang-Hi, Kiehg-Lung
Tao Kouang

BRONZES & CLOISONNES ANCIENS DE LA CHINE

Ivoires du Japon

Netzukés, Gardes de sabre, Etoffes, Meubles, etc., etc.

DONT LA VENTE AUX ENCHÈRES PUBLIQUES AURA LIEU

HOTEL DROUOT — SALLE N° 1

Le Samedi 28 Mars 1914, à 2 heures

Mᵉ ROBERT BIGNON	**M. JOSEPH LOGÉ**
COMMISSAIRE-PRISEUR	EXPERT
41, Rue de la Victoire, 41	*57, Rue Saint-Lazare, 57*

EXPOSITION PUBLIQUE :

Le Vendredi 27 Mars 1914, de deux heures à quatre heures

CONDITIONS DE LA VENTE

La vente sera faite au comptant.

Les acquéreurs paieront *dix pour cent* en sus des enchères.

DÉSIGNATION

PORCELAINES

1 — Quatre tabatières en porcelaine, diversement décorées.

2 — Quatre tabatières de même genre.

3 — Coupe en forme de feuille de lotus, décor bleu.

4 — Figurine de couleur vert olive.

5 — Groupe de deux personnages [en blanc de Chine.

6 — Bol monochrome rouge, époque Kieng-Lung.

7 — **Deux petits vases anciens, décor bleu.**

8 — Pincelier d'époque Kang-Hi à décor de personnages.

9 — Pincelier famille verte, décoré d'un génie.

10 — Porte-bouquet d'époque Yung-Tcheng à décor de fleurs.

11 — Potiche Ming, décor de chevaux.

12 — Bol Kang-Si à décor de poissons.

13 — Vase cornet d'époque Ming, décoré de personnage, bleu et blanc.

14 — Vase cornet bleu blanc d'époque Ming à décor de fleurs.

15 — Potiche Ming à décor de fleurs et d'arbres.

16 — Assiette monochrome Kien-Lung.

17 — Plat d'époque Kang-Si, décor de chimère et oiseau de Hô.

18 — Plat à décor de panier fleuri, famille verte.

19 — Vase cornet à décors de fleurs bleues.

20 — Cache-pot à décor de personnages et de caractères, bleu, blanc. Epoque Kang-Hi.

21 — Paire de bas de cornets, décor fleurs bleues.

22 — Paire de potiches boules, fond céladon, décor de fleurs et de papillons polychromes.

23 — Petite bouteille à décor d'arbustes, bleu, blanc. Kien-Lung.

24 — Petite bouteille monochrome gros bleu. Kang-Hi.

25 — Petite potiche, décor bleu blanc, couvercle bois.

26 — Coupe, blanc de Chine en forme de corne de rhinocéros.

27 — Théière à décor bleu blanc.

28 — Paire de potiches céladon à décor de chevaux en bleu.

29 — Bouteille porcelaine de céladon à décor de personnages, bleu blanc. Epoque Kang-Hi.

30 — Vase de forme applatie à décor de fleurs et d'oiseaux réservés sur un fond céladon.

31 — Potiche à décor de biches et d'arbres sur fond céladon.

32 — Gourde porcelaine céladon, décor sous couverte de salamandre en relief.

33 — Vase d'époque Ming, carré à sa base en forme de gourde décoré de personnages, bleu blanc.

34 — Verseuse en bleu fouetté, rehaussé d'or.

35 — Potiche à fleurs noires stylisées. Ming.

36 — Potiche Ming à décor de personnages.

37 — Bouteille monochrome rouge.

38 — Personnage en ancien blanc de Chine, tenant un enfant.

39 — Vase à décor de personnages et paysage, bleu blanc.

40 — Bouteille à décor de paysage, col coupé. Epoque Kang-Hi.

41 — Potiche bleu blanc à décor d'oiseaux et de nénuphars. Kang-Hi.

42 — Potiche bleu blanc à décor de personnages. Epoque Kang-Hi.

43 — Vase cornet à décor de chimères, bleu blanc.

44 — Vase rouleau bleu blanc à décor de personnages.

45 — Bol à décor de fruits polychromes. Epoque Ming.

46 — Bol à décor de poissons.

47 — Deux bols à décor polychromes. Yung-Tcheng.

48 — Deux bols laque rouge. Epoque de Ming.

49 — Barque en biscuit d'époque Kang-Hi.

50 — Bouteille monochrome, bleu foncé.

51 — Groupe grand dignitaire accompagné de ses assistants, décor bleu.

52 — Gourde applatie, bleue turquoise.

53 — Vase Kang-Hi, bleu turquoise.

54 — Jardinière à décor de paysages. Ming, polychrome.

55 — Pincelier b'eu fouetté. Epoque Kang-Hi.

56 — Vase bleu à décor de papillons or.

57 — Paire de chiens de Fô en grés émaillé vert.
Epoque Ming.

58 — Vase trois couleurs. Kang-Hi, décor de
fleurs.

59 — Bouteille décor polychrome. Kienh-Lung.

60 — Six pièces cendriers. Epoque Kang-Hi.

61 — Deux coupes à décor de fleurs polychromes·

62 — Six coupes de même genre.

63 — Cache-pot bleu et blanc d'époque Kang-Hi,
décor de dragons.

64 — Plat d'époque Kang-Hi, décor personnages
dans un paysage.

65 — Une paire de coqs en porcelaine.

66 — Une paire de vases à décor de personnages
polychromes.

67 — Une potiche forme ronde à décor de fleurs et d'oiseaux.

68 — Une paire de cornets époque Tao-Kouang à décor de fleurs et d'oiseaux de Hô sur fond vert.

69 — Une bonbonnière et un petit vase à décor de dragons.

70 — Un lot de cinq soucoupes et deux bols corail munis de soucoupes et de couvercles.

71 — Un lot de neuf assiettes Chine, décor Japon.

72 — Un lot de neuf assiettes Chine, décor polychrome.

73 — Un lot de dix assiettes Chine, décor polychrome.

74 — Un lot de quatre assiettes Chine, décor de fleurs.

75 — Petite bouteille, décor bleu.

76 — Ancienne bouteille, décor bleu, décor chimères.

77 — Bouteille flammée mauve.

78 — Petite potiche munie d'un couvercle ouvragé.

79 — Potiche de même genre, décor de fleurs bleues.

80 — Vase droit en blanc de Chine, décor en relief.

81 — Bouteille à décor de paysage en bleu.

82 — Potiche Ming à décor de personnages bleus.

83 — Bol à décor de feuilages en bleu.

84 — Plat bleu uni (cassé).

85 — Grand bol à décor bleu à médaillons ornés de personnages.

86 — Petit bol décoré sur les deux faces en bleu.

87 — Autre bol à décor de personnages.

88 — Autre bol à décor de personnages, avec couvercle.

89 — Bol orné de fleurs sur fond bleu.

90 — Vase céladon ancien.

91 — Plat plissé sur les bords, à fond bleu uni.

92 — Vase à fond céladon, décoré de deux bandes ornées de paysages en bleu.

93 — Grosse bouteille ornée de fleurs et d'oiseaux sur fond bleu uni.

94 — Cornet d'époque Kang-Hi à décor de branches fleuries en bleu sur blanc.

95 — Vase à six faces décoré de fleurs d'églantines sur fond bleu.

96 — Vase bleu uni.

97 — Petit vase flammé bleu-vert truité.

98 — Jardinière à décor de personnages bleus.

99 — Potiche avec couvercle ornée de fleurs, de fruits et d'oiseaux polychromes sur fond quadrillé rouge. Epoque des Ming.

100 — Grosse potiche avec couvercle en porcelaine de Chine, décorée d'un paysage bleu-blanc.

101 — Paire de vases bleu-blanc à décor de biches et d'arbres.

102 — Vase à décor de dragon dans des nuages.

103 — Grosse potiche sans couvercle à décor en bleu de médaillons et de dessins divers.

104 — Potiche à décor de branches de pivoine.

105 — Potiche emboîtée dans un socle laqué rouge et or, décorée d'un paysage en bleu.

106 — Vase hexagone avec couvercle à décor bleu.

107 — Légumier avec couvercle à décor bleu, monté sur socle bois sculpté.

108 — Deux grands plats du Japon à décor de fleurs bleu-blanc.

109 — Vase rouleau décoré d'un arbre en bleu.

110 — Deux coupes côtelées fond bleu et un présentoir de même genre.

111 — Trois théières en Bokaro.

112 — Deux bols Tao-Kouang fond vert et médaillons corail.

113 — Trois petits vases de Chine. Epoque des Ming.

114 — Grande potiche de Chine, décor de fleurs et d'oiseaux polychromes.

115 — Lampe, décor bleu.

116 — Cornet blanc de Chine, décor bleu.

117 — Fontaine en porcelaine de Kutani du Japon.

118 — Cache-pot en porcelaine de Sèvres, décor de fleurs, et pot à crème.

119 — Théière Satzuma et piton blanc avec inscription bouddhique.

119 *bis* — Brûle parfums Satzuna, décoré de divinités.

IVOIRES, NETZUKÉS

120 — Six petits netzukés représentant divers personnages.

121 — Netzuké, enfant couché à plat ventre.

122 — Netzuké, femme s'amusant avec un chien.

123 — Personnage tenant un seau.

124 — Personnage accompagné de moineaux. Netzuké.

125 — Netzuké représentant un pèlerin.

126 — Netzuké, groupe de trois acteurs.

127 — Netzuké, Daïkoku regardant un combat de souris.

128 — Netzuké, personnage couché et enfant.

129 — Netzuké, homme et cheval.

130 — Barque renfermant les dieux du Bonheur.

131 — Netzuké, personnage accompagné de deux enfants.

132 — Netzuké, personnage s'épilant.

133 — Netzuké, pédicure.

134 — Personnage portant un enfant.

135 — Personnage tenant un fruit de longévité.

136 — Barque renfermant les dieux du Bonheur.

137 — Deux statuettes de personnages accompagné l'un d'un ibis, le deuxième d'un enfant.

138 — Groupe composé d'une Divinité et de deux personnages.

139 — Trois personnages assis dans une grande coupe à saké.

140 — Yebis et Daïkoku buvant du saké.

141 — Personnage assis fumant sa pipe.

142 — Groupe ivoire, deux personnages.

143 — Un inro en ivoire orné d'écureuils gravés.

144 — Petite pagode en ivoire du Japon renfermant trois Divinités.

145 — Groupe de personnages en ivoire s'amusant, à l'intérieur d'un gros coquillage.

146 — Prêtre bouddhiste tenant une Divinité, le corps enroulé d'un dragon.

147 — Groupe de personnages faisant sécher un filet.

148 — Bûcheron portant un fagot sur lequel s'est posé un vautour.

149 — Enfant jouant du shamisen.

150 — Fudo supportant un petit temple dans une main.

151 — Oteï accompagné de plusieurs enfants.

152 — Enfants s'amusant sur un tronc d'arbre.

153 — Jeune femme portant un enfant.

154 — Personnage portant sur son épaule un tambour, et de la main gauche une lanterne.

155 — Personnage allumant sa pipe.

156 — Travailleur portant une branche de fleurs.

157 — Personnage portant un enfant et une cage.

158 — Benten-Sama ayant à ses pieds un personnage lui présentant un brûle-parfums.

159 — Diable faisant de l'équilibre avec un petit personnage.

160 — Joueuse de Shamisen au repos.

161 — Petite Divinité dans un temple.

162 — Acteur accompagné d'un enfant.

163 — Marchand de masques.

164 — Femme portant un enfant jouant avec un chien.

165 — Pêcheur portant sur son dos un panier de poissons.

BRONZES
ÉMAUX CLOISONNÉS

166 — Petit personnage en bronze de la Chine.

167 — Petite coupe en bronze chinois.

168 — Prêtre bouddhiste en bronze Chinois.

169 — Brûle-parfums à quatre pieds sans couvercle, en bronze de la Chine.

170 — Paire de vases en ancien cloisonné de Chine, à décor de lotus stylisés.

171 — Deux bols anciens en cloisonné de Chine à décor de fleurs et d'oiseaux de Hô.

172 — Une pipe à eau en cloisonné de Chine.

173 — Un plat cambodgien à décor de personnages en relief.

174 — Une boîte cloisonnée en forme de double losange, à décor de fleurs. Début Kien-Lung.

175 — Un bassin en ancien cloisonné à décor de chimères. Epoque des Ming.

179 — Une aiguière en cloisonné de Chine, anse en forme de dragon.

177 — Un lot de huit gardes en fer décorées diversement.

178 — Une aiguière et plateau cuivre gravé. Travail persan.

179 — Vase muni d'un couvercle orné d'un dessin gravé et bouteille de même genre.

180 — Trois jardinières de même genre.

181 — Service filigrané composé d'un petit panier de deux ronds de serviettes et de treize coquetiers.

182 — Plateau bronze orné d'émaux. Travail persan.

183 — Un lot de cinq plateaux gravés de dessins divers. Travail persan.

184 — Deux plaques persanes en bronze orné de sujets en relief dans des cadres de bois.

185 — Cerf en bronze damasquiné or. Travail oriental.

186 — Lot de six kodzuka en fer, shi bui shi.

187 — Bol en bronze gravé. Travail indien et deux bracelets.

188 — Lot de trois gardes en fer, Namban, Kinéï et style chinois.

189 — Lot de huit gardes de même genre.

190 — Lot de huit gardes, fer ajouré.

191 — Lot de six gardes de même genre.

192 — Icone bronze émaillé.

193 — Bassin en cloisonné de la Chine.

194 — Bol cloisonné de la Chine, décor de fleurs.

195 — Quatre gardes de sabre, décor divers.

196 — Brûle-parfums bronze.

DIVERS. ETOFFES. MEUBLE

197 — Un lot d'etuis brodés.

198 — Une paire de vases anciens en pierre de lare, très finement sculptés.

199 — Un vase en jadéïte, en forme de tige de bambou.

200 — Un canard en jadéïte.

201 — Poignard japonais orné d'un fourreau en laque rouge.

202 — Inro en laque à décor de dragons sur fond noir uni.

203 — Un cadre de glace persane orné de dessins laqués.

204 — Un instrument de musique persan.

205 — Pochette à tabac soie bleue, pince note et deux fermoirs à pochette.

206 — Deux netzukés en bois : Enfant trainant une gourde et Okamé sur un champignon gigantesque.

207 — Deux boîtes à parfums pierre de lare et bokaro.

208 — Petit vase en céladon craquelé et deux netzukés en os.

209 — Inro en fer repoussé avec netzuké en os.

210 — Poignard manche ivoire lame Damas.

211 — Coffret indo-persan.

212 — Quatre bracelets en pâte de verre.

213 — Tête de marbre grecque.

214 — Pot en bois dur sculpté.

215 — Miroir laque persane.

216 — Trois rouleaux d'amulettes hébriques.

217 — Velours de Scutari.

213 — Velours dessin Renaissance.

219 — Robe velours améthyste.

220 — Robe velours cramoisi.

221 — Bordure de tapis maqualouk.

222 — Bordure velours Cachan.

223 — Echarpe polonaise.

224 — Etoffe arabe, inscriptions en chevrons ; dans un cadre bois de cèdre très ouvragé.

225 — Sept voiles de tête lamés, égyptiens.

226 — Echarpe marocaine broderie de soie.

227 — Deux bandes de broderies sur fond rouge.

228 — Tapis Djin-Djin.

229 — Tapis persan.

230 — Cadre turc bois sculpté, fronton.

231 — Deux guéridons arabes incrustés.

232 — Un meuble du Japon en bois dur sculpté, orné de panñeaux et d'étagères.

233 — Un panneau en bois dur avec incrustations de nacre.

234 — Panneau du Tonkin, en bois dur, avec incrustations de nacre.

235 — Objets omis au catalogue.

236 — Chambre chinoise, de style européen, en bois
de fer très ouvragé, composée de :

Un lit de milieu ;
Une armoire à glace ;
Quatre chaises ;
Un canapé ;
Une table de nuit ;
Une table ovale avec marbre ;

237 — Deux importantes peaux de tigre.

DONT LA VENTE AUX ENCHÈRES PUBLIQUES AURA LIEU

HOTEL DROUOT — SALLE N° 1

Le Samedi 28 Mars 1914, à 2 heures

Mᵉ ROBERT BIGNON	M. JOSEPH LOGÉ
COMMISSAIRE-PRISEUR	EXPERT
41, Rue de la Victoire, 41	57, Rue Saint-Lazare, 57

EXPOSITION PUBLIQUE :

Le Vendredi 27 Mars 1914, de deux heures à quatre heures